KB267894

왕따나무 아래서

왕따나무 아래서

초판 1쇄 인쇄 2011년 07월 04일
초판 1쇄 발행 2011년 07월 11일

지은이 | 이순미
펴낸이 | 손형국
펴낸곳 | (주)에세이퍼블리싱
출판등록 | 2004. 12. 1(제315-2008-022호)
주소 | 157-857 서울특별시 강서구 방화3동 316-3번지 한국계량계측협동조합 102호
홈페이지 | www.book.co.kr
전화번호 | (02)3159-9638~40
팩스 | (02)3159-9637

ISBN 978-89-6023-633-2 03810

왕따나무 아래서

이순미 시집

펴내는 글

열두 달,
시상의 배경이 되어준 우음도 그리고 왕따나무!
개발로 사라진다는 소문이 귓가에 전해지니 가슴이 먹먹
하다.
어쩌면 나와 함께했던 우음도, 그리고 그 중심에서 늘 나를
반겨주던 왕따나무는 내 삶의 신기루였는지도 모르겠다.
여기에 실린 시편들은 한 시인의 무대였던 신기루에 대한
아름다운 전설이나 이야기로 들려졌으면 한다.
시로 여는 門, 소리가 바람결에 아름답다.

2011년 어느 여름 날
시인 이순미

차례

제 2 장 꼬리지느러미 파닥이는 나의 일출

제 3 장 나를 깨우시는 이

제 4 장 사람 인(人)자를 보다가

1장
그리움이 구름을 만드는 오후 다섯 시

왕따나무 아래서

갯바람 소울음으로 들려오는 우음도에서
나 오래도록 당신 곁에 앉아 있었네.

언제부터인지 당신은 내게 기울어지네.
당신의 그림자 속에서
나는 지붕도 없는 우리들의 자그마한 집을 짓네.

오늘 밤에는 별 하나가 알전구처럼 내려와
우리의 밤을 밝혀주겠네.

왕따나무만 바라보면 눈물이 많아지던 당신
生은 그렇게 홀로인거라고,
우-우- 당신에게서 소울음 소리 듣네.
갯바람이 듬성한 당신의 머리칼을 쓸어주네.

우리의 초록 눈물을 갈잎이 닦아주네.

그리움이 구름을 만드는 오후 다섯 시

-궁평항에서-

그리움의 몸통을 보았다.

'시베리아 한파'

이 낯선 혹한, 도대체 발 닿아 보지도 못한 러시아 벌판의
황량한 고독이 가슴을 파고 들었다.

당진 어디쯤의 제철공장 거대한 굴뚝을 빌어 그리움을 각
혈하는 오후 다섯 시,

핏빛 구름을 만드는 것은 그리움이었다.

오늘 시베리아 벌판을 걸어가는 그리움,

막연한 아니면 먹먹한

소냐처럼 뺨이 하얀 나의 귀는 얼어있고

덧없는 生의 각질처럼

새떼 날아오른다.

동행

生이 강물처럼 흐르는 것이라면
당신이 내가 타고 가는 나룻배였으면 좋겠습니다.

뱃머리에 기대어 당신의 허리춤에 두 손을 살포시 얹고
작은 새처럼 노래하며 열두 폭 세월이 흘러가는 풍경을 바
라보고 싶습니다.

우리는 오는 비를 그대로 맞아도 행복하지 않겠습니까.

내가 아주 작아질 수만 있다면
당신 호주머니 속의 꼭두, 각시였으면 좋겠습니다.

당신의 바지 오른쪽 주머니나 셔츠 앞섶 어딘가에서
따듯한 체온을 느끼며 동행하고 싶습니다.

서로의 땀 냄새에도 웃을 수 있지 않았습니까.

언제부터인가 나는 두 손을 모으는 버릇이 생겼습니다.

인생이 강물처럼 흐르는 것이라면

당신은 내가 타고 가는 나룻배였으면 좋겠습니다.

진앙(震央)

서해 바다에서 보았지

육감(肉感)으로 알았는지 물때를 사악한 인간보다 먼저 알아채고

땅 밑으로 서둘러 자리를 피해가는 신(神)의 새끼들

땅거미 깔리는 하늘 저쪽이 아름다웠어

신(神)도 때론 가슴이 그렇게 거뭇하게 서운하고 아리기도 한 게야

니가타현에는 팔십 년만의 대지진으로

신간센이 철로를 이탈했다던데

무엔가 이 둥근 지구도 몸으로 할 말이 많았던 게야

왜

왜 이리 가슴이 두근거릴까

내가 서둘러 피해갈 자리 내 몸피로는 느낄 수 없네

지금 어디 천문(天門)이 열리고 눈물겨운 사람 하나

이 세상에 우렁차게 나오려나

왜 이리 가슴이 뛰나

푸른 녹이 슨 청동거울 들여다보듯

나의 얼굴을 물끄러미 바라보기도 하는데

땅거미 깔리는 바다를 바라보듯 말이지
얼이 깃들어 있어서 얼골이라고
아이들에게 누누이 이르곤 했었는데
나의 얼골은 어여쁜가, 그렇지 않은가
천둥이 친다
가슴에 먹구름 인다
얼골 깊이 심어놓은 촛불 심지
바람결에 아프다
이렇게 내 혼(魂)은 몸으로 할 말이 많은 게야
니가타현의 진앙(震央)은 지구 어디 많이 서러운 어느 누
구의 혼(魂)일지 몰라
　진앙(震央)으로 울리는 내 혼(魂)은 차마 어여쁜 얼골, 이
었구나

나제(裸祭)

대설지나 찬 비에 죄다
잎 떨군 나무, 피뢰침처럼 떨고 있네.

나 어리석어
무명(無明)의 연유로
……
촉(觸)
·
수(受)
·
애(愛)
·
취(取)
……
나 마디마디 끊지 못하고 해골 같은 눈으로 하늘만 바라보
곤 했네.
……
뇌(惱)

……

고(苦)

……

일 년은 열두 달,
생(生)과 사(死)를 하늘과 땅처럼 사이에 두고
밤하늘,
여기저기 누가 던졌는지 모를
부메랑처럼 날아다니는 붉은 네온 십자가를
영혼의 고향으로 가는 징검다리마냥 바라보았었네.

신(神)이 하늘의 눈을 열어 핏발 세우는 밤

어리석고 마음 여린 짐승은
십자가의 네온 불빛도 꺼지고 나도 십자가도 피뢰침처럼,
나신(裸身)으로 아— 아— 제의(祭儀)를 치르네.

분홍빛으로 물드는

-을왕리 겨울바다, 선녀바위를 바라보며-

을왕리 겨울바다에
새가 올까

내가 내 얼굴을 최초로 알아차린 게 언제쯤일까 골똘히 생각
하다
가슴팍으로 날아든 내 삶의 뒤태 바라본다.

언제부터인가
거울 속이나 사진 속이나 내 뒤태만 보고도
내 혼이 우는지 슬픈지 사랑의 밀어를 속삭이는지 어떤지
알아버렸다.

당신의 뒤태만 보고도
나는 행복해지다 쓸쓸해지다 하였다.

을왕리 선녀바위,

뒤태만 봐도 선녀를 지독히 사랑했다던 바우가 보여

일몰의 을왕리 앞바다가 온통 분홍빛이었다.

당신과 내가 분홍빛으로 물드는 따듯한 겨울바다

을왕리, 갈매기 날아든다.

별내에서

여기가 별내라네요
그래, 은하(銀河)구나
어제 장생포에는 밍크고래가 좌초된 채로
뭍으로 올라왔다네요.
자꾸 젖이 흘러요.
아기 고래에게 젖을 먹이네
저기 저 바다를 가르며
흰 파도를 만드는 고래 떼,
저기 저 은하수를 봐
우리의 혼(魂)이 저곳에선 자유롭구나
우리가 새겨 넣은 암각화 앞에서
먼 훗날 사람들은
자신들이 던진 작살에
피 흘리던 시인(詩人)을 그리워할테지
비릿한 육향(肉香)을 음미하며
단단한 등뼈의 마디를 세며
슬픔에 대해 이야기할거야
별불가시리를 머리에 꽂으며

밍크고래 속삭이네

그래도,

배꽃 내리는 우리의 별내*는 여전히 아름다워요.

*경기도 남양주 별내면의 지명

결정유자기(結晶釉磁器)*

꽃들은 왜 아름다워요

저 산을 봐, 지유(地乳)

드렁칡처럼 뜨거운 날
수천 도 장작가마에서 타악·탁 소리를 내며
질그릇 같던 당신 청잣빛으로 그윽해 지는 옆에서
난 결정유자기(結晶釉磁器)처럼 꽃을 피워내고 있었네.

꽃은 왜 아름다워요

네가 꽃이야

저기 눈이 내려요
보고 싶어요 북쪽에는 시루떡눈이 내린다네요.
시루에 켜켜이 얹힌 쌀가루처럼 그렇게요.

그래, 하늘에서 우리 아가들이 오시는구나

중심(中心)에서 산국이 피고 오래된 칡꽃이 피어 꽃눈 부
르는 뜨거운 가마에서
난 오래도록 오래도록 그윽했었네.

*결정유자기-고열의 불 속에서 저절로 꽃이 핀 도자기

돌탑

계곡을 지나다 돌탑들이 있기에
흐르는 계곡 물에 발을 담그고
나 돌탑을 쌓아봅니다.

차가운 계곡 물에 육신이 서늘해질수록
조심스레 돌탑이 올라갈수록
가슴은 뜨겁게 아려옵니다.

어리석은 내가
돌탑을 쌓다가

生이 조심스러워
차마 떠나지를 못합니다.

어리석은 내가 돌탑을 쌓습니다.

너무나 사랑하고 싶기 때문입니다.
너무나 사랑받고 싶기 때문입니다.

어리석은 내가 마지막 돌을 올려놓고
쌓은 만큼 生을 내려놓고, 눈물겨운 탑돌이를 합니다.

추풍연가(秋風戀歌)

고개를 젖혀 하늘을 바라보네.
뒷짐을 지고서
낙엽이 우수수 떨어지는 나무에 등을 대고서 하염없이 바
라보네.

높아서

외롭고

외로워서

시린 하늘,

언제부터인가 내 몸에 샘이 하나 들어있는 것을 알았네.
물관처럼, 중심(中心)에서 하늘을 바라보는 내 눈까지 물이
가득하네.
숨어있는 별들이 한 되의 육사리(肉舍利)처럼 쏟아져 내려
내 몸을 씻기네.

그래, 나는 살아있구나
내 세포마다 푸른 숨을 쉬네.
태양의 눈섶이 살점들을 간질이네.
바람이 내 살점들을 닦아주네.

만장 같은 낙엽이 우수수 떨어지네.

기억

1

-철지난 가을 모기가 독(毒)한 침으로 존재를 호소한다 모
기는 죽었으나 사나흘 신열로 고생하며 중이(中耳)의 협곡에
앉아 홀로세의 나는 살아서 수억만 년 전 빙하기의 바람이
우는 소리 듣는다.-

2

-곰팡내 나는 외딴 곳에 늘 앓고 계신, 꿈 속 아버지는 늘 외
로우시더니 육탈(肉脫) 못하고 수십 년을 기다려온 형상그대
로 축축하게 말라있었네 화장(火葬) 후 사나흘 헛헛한 마음
자리, 난 외로운 짐승처럼 잔뜩 웅크린 살갗에 가시를 돋우
었고,-

산다는 것,
흙이 흙을 먹고
흙이 흙을 부둥켜안고
뜨끈뜨끈한 젖은 살덩이 하나 빚어놓고

마른 흙이 되어가는 것, 아닌가
때로 천기(天氣)를 움직여
비를 부르고 달을 부르고 해를 부르며
찰지게 뭉쳐 있다가
바람에 타넘어 온 씨앗하나 품고 천년(天年)을, 천년(千年)
을 살아가는 것, 아닌가
우리를 휘휘 두른 이 띠 좀 봐, 찰진 영혼의 띠

그러다가 어느 날

낯설어진다면

그 모오든 것이 낯·설·어·진·다·면,
내가 그리운 흙 한 덩이 오롯이 그리운 바람을 울고 있을
지도 모를 일이다
내가 죽은 마른 흙 한줌, 가득한 그리움으로
여느 씨앗 하나 불러 달 부풀 듯 달고 향그러운 열매로
네 말랑한 혀나 위장의 안쪽 어느 살과 섞여진다면, 섞여

진다면

일렬로 늘어선 고된 플라타너스 등을 쓰윽 긁어주며
손을 흔들고 지나가는 추풍(秋風)

홧홧하게 달아오른 심장을 달고 있는 추목(秋木)

깊은 그리움이 가을을 부르는 것, 아닌가

능소는 기다리네

어디신가
날 생각하시는가.

악착같이 어디라도 기어오르고 매달려서라도
기다리네.

八月 염천(炎天)에 내 얼굴 벌겋게 달아올라
부드러운 살갗이 헤져도

나 능소는 기다리네.

-능소화에게-

장미를 희롱하며

사방이 거울인 내 방안에서
검붉은 장미 한 송이 거꾸로 매달아 놓고
너를 희롱한다.

저마다 나를 낯설게 비추는 거울 앞에서

신(神)의 계략으로
나를 모르는 나는
당황스러운데

파충류의 겹눈처럼
너를 모으고 모아도 나는 없구나

검붉은 옷자락을 헤치며 너를 희롱한다.

우주 같은 네 씨방, 깊은 곳에 잠들고 싶어
한 잎 또 한 잎
검은 옷을 벗긴다.

사방이 거울인 내 방에서 거꾸로 지는
시들어서 더 향기 나는 육체여

나를 볼 수 없구나

나는 바다의 것이었습니다

1
바다를 만났습니다.

파도가 내게 올 때마다
나는 바다의 것이었습니다.
파도의 격정이 나의 것이었습니다.
파도가 부서질 때
나도 또한 부서지길 원했습니다.
파고가 높아 먹구름을 부르며 천지를 요동할 때
나는 행복했습니다.

하지만 바다는 완전히 나의 것이지 않았습니다.
사백만 리의 달은 무슨 힘으로
바다를 저만치 데려가 버리고
당신의 손톱, 발톱 같은 조개껍질들이 황량한 마음에 남았
습니다.
하지만 내일 바다는 다시 올 것이기에

이 바다를 떠나지 않고
지는 해는 다래끼로 부풉니다.

2

오늘도 나는 목련나무 아래서 서성입니다.

아라비아 숫자로 하루하루를 세지 않고
이 목련나무 한 그루로 세월을 세고 있습니다.
솜털 보송보송한 것이 며칠 전에는 송곳니 같이 피더니
오늘은 내 마음에 환한 지등(紙燈)을 달아놓았습니다.
불을 당겨 당신 오시는 험한 길을 밝혀야겠습니다.

인디언은 열두 달을 이렇게 부른답니다.
마음 깊은 곳에 머무는 달
홀로 걷는 달

한결같은 것은 아무것도 없는 달
머리맡에 씨앗을 두고 자는 달
들꽃이 시드는 달……
이 삼월을 목련나무 아래를 서성이는 달로 불러야겠습니다.

이제 내일이면 당신의 목련나무엔 많은 파랑새가
다시 잎을 피우며 날갯짓을 할 것입니다만
새처럼 가볍게 날지도 못하는 난
무척이나 어리석은가 봅니다.

당신 곁을 맴돌 듯
오늘도 목련나무 아래를 서성입니다.

하늘과 바다 사이

-월천리 솔섬에서 -

하나가 되고 싶네
한밤중의 운무를 뚫고 당도한
나의 초례청(醮禮廳)에서는 별을 부려 마중을 해주었는데
생에 이렇게 환대를 받아 본 적이 있었던가
눈물이 운무처럼 번지는 나의 월천리(月天理)

하늘과 바다 사이, 솔섬에서 하나가 되네

아주 먼 줄 알았네, 그대와 나 사이
솔섬에서 뜨겁게 입 맞추는 하늘과 바다

그래, 시작이야

여명(黎明)의 황금빛 동공이 열리는 솔섬에서,
그대와 나 하나가 되네

행복한 구금

-아주 우연히 제부도에 갇혀 버린 겨울에-

섬에 갇혀 볼 일이네.

밀물,

당신에게로

실루엣으로 당신의 동공에 갇혀버리는 황금빛 일몰의 시간

무- 장 -해 -제,

영혼이 육신에 갇힌 동안

북풍이 한껏 불어도 좋으리.

사랑에 갇혀볼 일이네.

당신에게 갇혀볼 일이네.

2장
꼬리지느러미 파닥이는 나의 일출

꼬리지느러미 파닥이는 나의 일출

-국사봉에서, 옥정호의 붕어섬을 바라보며-

옥정호 한 마리 붕어가 파닥이며 부르는 듯한 예지몽이
었을까
내가 순전히 깊은 밤중에 국사봉에 오른 것은 필연의 몽
유였다.

치-즈라는 발음과 어울리지 않는 임실,이라고 의식을 차린
순간
영하 이십 도임을 알리는 짚의 계기판을 의식한 순간,
내가 거기 있었다.

굵은 어두움,
죽음에의 계곡을 오르듯 등산화에 덧댄 아이젠에 밟히는
눈 소리 깊기만 하다.

나를 관통한 죽음에로의 침잠, 치욕처럼 얼어버린 땀에 젖
은 머릿칼을 만지며

얼음에 갇힌 붕어섬을 바라보는 그 순간,

내 화각에 잡힌 그 손, 그 혼魂

  한 쪽 다리 질질 끌며 무거운 카메라를 들고 여명을 담아
내는 투박한 사내들

  순간, 덜컹 뜨거운 해 솟는다.

  도대체 산다는 것이 무엇이냐

  꼬리지느러미 파닥이며 깨어나는 '나'라는 붕어 한 마리

한강 오르가즘

선유교(仙遊橋) 둥근 무지개다리 위에서
나 털썩 주저앉았네.

한강 오르가즘을 보았어.

그래 때론 삶은 이렇게 눈이 부시고
벅차오르는 것,

한강의 척추를 질주하는
제트스키어들의 선글라스에 목화솜 같은 구름이 녹아드네.

소나기 여운이 남아있는 웅덩이마다
청춘들의 꽃무늬 팬티가 리플렉션―

난 오늘 야한 한강을 보네.

불혹(不惑)

　기억상실증 환자의 기억이 갑자기 되돌아오듯 어릴 적 냄비에 들어있던 물고기 세 마리를 생각해내었다. 깨진 어항을 대신하여 임시방편으로 뚜껑을 덮어두고 창고에 두고 잊었던 양은냄비 속의 붕어 세 마리는 달포가 지나서야 발견되었다. 서로의 꼬리지느러미를 물어뜯긴 채, 핏빛이 도는 허연 살점을 드러낸 채, 냄비 안을 시계 방향으로 그야말로 꼬리에 꼬리를 물고 돌고 있었다. 자존심을 뜯어먹고 있었다. 그때 알았다 命은 쉽게 끊어지지 않는다는 것을, 비참이 무엇인가를.

　그렇게 미쳐간 붕어 세 마리를 나는 마흔에 들어서야 갑자기 떠올린 것이다.
　내 이성은 등대처럼 환하게 빛나기 시작했다.
　그것이 내가 침묵하는 이유다.
　불면증과 결별한 이유다.
　안으로 더 뜨거워졌다는 말이다.
　여우비 쏟듯 뒤돌아 우는 일이 많아진 이유다.
　속으로 늘 울면서도 눈동자는 흔들리지 않게 되었다.
　이렇게 神과 좀 더 가까워지는지 모른다.

낙타처럼 슬픈 눈으로 웃을 수 있었다. 고비를 넘어선 마
흔이 되어서야.

수심가

1

운무에 가리워진 가리왕산에서 겨울 자작나무를 보았네.

빵 한 조각으로 끼니를 때우며 삼삼오오 이국땅을 서성대던

러시아 노동자처럼, 겨울 자작나무는 그렇게 서 있었네.

비가 오려나 눈이 오려나 억수장마지려나*

정선아리랑은 만가(輓歌)처럼

혁명의 시대를 살다간 생명들을 장사지내고

아우라지는 아우라지는 강물처럼, 아리랑 아리랑

아우라지는 아우라지는 운해처럼, 아라리요

가수리 따라 흐르는 동강의 겨울 원앙아

날 보고 놀라지 마라

무대도 완벽한 시나리오도 없는 몽상가일뿐

하지만 네 아름다움에 강물 위로 내 넋 하나 아우라지겠네.

2

화암동굴에서 숨 쉬는 어미의 자궁을 보고 말았네.

자궁벽을 흐르는 생명의 피는 마리아로 붓다로 살아나고

수 천 년 손톱만큼씩 자라 만남의 정한을 이룬 석주의 주
름마다

그리움을 울던 눈물고름들이 흐르고 있었네.
비가 오려나 눈이 오려나 억수장마지려나
억겁의 아름다운 비가(悲歌)들이
혁명의 시대에 헤어진
혁명의 시대와 헤어진 이들을 달래고는
아리랑 아리랑 아라리요
그리운 맘은 남근석 하나 우뚝하니 모셔놓고 있었네.

*정선아리랑 수심편

기우제

-신사년에 백년 만이라는 심한 가뭄이 있었고
나는 어느 날 꿈을 꾸었다-

불타는 지평선
제발, 내 혀에 한 방울의 물을
갈라진 내 혓바닥에 한 방울의 물을
맥없이 늘어진 육신들
-백년만의 가아무ㅁ이외다-

나는 제사장이 되어 번제로 드릴 동자하나 석마(石馬)에
태우고
지열이 피우는 아지랑이 가득한 동편 밤하늘에서
휘모리장단으로 말을 달리며 기우제를 지낸다.

아흐, 하늘에 수만의 핏빛 회오리
제문(祭文)이 찢어지고, 심은 대로 거두라-화(禍)있을진저

나는 집도의가 되어 드러누운 무의식에 매스를 들어
트라우마를 건져 올린다 무의식의 심연에서
끝도 없이 올라오는
화기(火氣)의 트라우마

뒤이어 하늘로 퍼지는 망자들의 영혼이 탄 석마(石馬)들의
말발굽소리
늘어진 육신들의 명치에서 울리는 화(和)의 곡성 하늘을 찌
르고
석마에 동자를 앞세운 제사장의 눈물이 대지에 강을 이
룰 즈음

아, 망자들의 갈채처럼 비가, 비가 내린다.

연잎 우산

-관곡지 비오는 연꽃밭에서-

내 유년의 기억 속 우산은 늘 찢어져 있었네.

넓은 연잎이 분홍 연꽃 하나 감싸 안고 사랑을 나누는 풍경에

나 한참을 머무네.

당신은 나의 연잎 우산이었네.

당신의 그늘 아래서 향을 내며 조용히 숨을 쉬네.

당신의 푸른 얼굴이 구릿빛으로 주름지고

내 수줍던 홍안의 꽃잎이 하나 둘 사라지고

조용히 내 안에 영그는 연밥, 우리의 여름은 그렇게 가네.

녹음방초승화시(綠陰芳草勝華時)

소녀가 음부 위로 성(聖)스러워지며 여인이 되는
대지의 자궁 비후해지는 봄날
생생히 돋아나는 들녘을 조심스레 걸었네.
녹음방초승화시,
애기똥풀 여린 줄기 유년의 똥꼬에서
여린 설사똥이 징하게 흘러나오고
싸릿가지는 손톱 위에 바늘을 꼽고
붉은 수액으로 영혼을 수혈하네.
아카시 춘향(春香)에 취한 당신
욱신욱신 심장 죄어오던 날처럼

당신 몸에서
박하향을 맡으며 달아오르던 날처럼
제비꽃
이팝꽃
애기똥풀 피어있는
쑥향 폭폭 퍼지는 춘향이 젖무덤 같은 둑길을 걸어오는 동안
후끈 달아오른 내 영혼은
아지랑이 피워내며

피톨 돌아 잉태할 차비하고 있었네.

우리는 무엇을 욕망하여야 하는가

하늘에서는 축포가 터지고

모두가 즐거이 모닥불을 지피는 밤

한 발 물러서서

욕망의 다비식을 보아야 했다.

검은 밤을 파르르 나는 욕망의 불티

술을 마시지 않았는데도

취기가 불티처럼 날아오른다.

그리움에 목이 마르다.

입이 마르다.

겨울의 고통을 이기고 나면

어김없이 봄이 오는 법(法)을 이미 알고 있지만

겨울은 강도를 더해 고통스럽다.

욕망을 버리면 되는데

세상에 마음 길 정하는 것이 이리도 어려운 것인가

모든 것이 그저 헛되다고 느끼면

부유하는 불티처럼 사그라져야 했고

이 땅에서 멀어지고 있는 자신을 고통스러워해야만 했다.

살아남기 위해 무엇을 욕망하여야 하는가

사랑도 삶도 모두가 그대로 있어주지 않을 것이라는 것을
느꼈을 때
어린 아이처럼 다시 보채게 되었고
자면서도 주먹을 앙당그리고 꼭 쥐게 되었으며
아무 일에나 경기(驚氣)를 일으켰다.
살아남기 위해 우리는 무엇을 욕망하여야 하는가.

녹양가

-볕 좋은 팔월 녹양(綠楊)동* 큰 창이 남쪽으로 나있는 황토방, 마당에는 능소화가 지천으로 피어있고 다시마를 통째로 걸어놓은 양 열 대여섯 조각의 긴 무명천이 바람에 날리고 있었다.-

　저 깊은 맛을 어떻게 우려냈을까요 매염제에 따라 아주 다른 색이 나거든요. 미끄덩거리는 물기어린 그녀의 무명천을 바라보며 八月 바람에게 물었다. 저 옹기 안에 잘박하게 들어있는 물 한 동이는 고단하고 치열했던 無明의 삶이라네. 소리 나지 않게 조심스럽게 걸음을 옮겨 한 모금 마셨다. 조선 간장을 한 사발 들이킨 것처럼 명치 쪽이 후끈 달아올랐다. 한동안 위액이 역류했다. 그러다가 가슴이 차츰 식어갔다. 다라이 가득 세월을 쑤셔 넣고 밟고 있군 벌떡 일어나 끓는 가마솥 앞으로 다가가 두 다리를 벌리고 앉아 삼복더위에 군불을 쬐기 시작했다. 얼음인간이기 때문이지 그녀는 얼·음·인·간 이지 얼 음 인 간, 체온은 우리들의 나이테라네. 그녀는 八月이면 늘 찢겨진 케케묵은 옷가지들을 들고 나와 염(染)을 해 말린 다음에 한 땀 한 땀 꿰매기도 한다네. 바람이 휘익 소리를 내며 오른쪽으로 고개를 꺾었다. 챙 넓은 모자로 얼굴을 가린 그녀가 남새밭에서 울컥 읍하며 흙제사 드리는 오후를 가리키며.

　바람이 머무는 풍경(風磬)아래서 녹양처럼 머리칼을 풀어 헤친 그녀가 천년 동안 감기지 않던 피곤한 눈을 사르르 감고 있었다.

* 의정부에 있는 지명

야인곡(野人谷)

　남자는 기다란 죽창을 가지고 덤벼들었다 나는 옛날 소꿉
놀이하던 인디안 밥 모양으로 벌어진 입을 한 손으로 막으며
꼭 한 걸음씩만 다가갔다 그가 죽창을 거두며 노려보았다.

　알릴리, 알릴리*
　왼쪽 팔을 쭈욱 뻗고 오른손으로 훑어나갔다 천천히 그
남자의 충혈된 눈을 응시하며 다시 오른 팔을 쭈욱 뻗고 왼
손으로 훑어나갔다 흰자위가 탁한 그의 눈을 보며 아마 간
에 이상이 있을지도 모를 거라고 생각했다 야자열매를 반으
로 잘라 만든 가슴 가리개 사이로 땀이 흘렀다.

　두 손을 꼭 가슴 높이 만큼만 들어올렸다 마주보고 있는
엄지손가락을 한 마디 씩만 굽혀 그에게 청혼을 했다 아득
한 야인곡에서 난 그와 혼인(婚姻)을 했다 정확히 예수가 태
어나기 천 오십 이년 전에, 오늘은 머리를 감다가 긴 머리칼
을 치렁거리며 거울 앞에서 헤드뱅잉을 해보았다 꼭 삼천 오
십 팔년 전에 그와 혼인을 할 때의 춤을 떠올리며 천천히 그
러나 격렬하게, 느리게 그러다가 갑자기 빠르게 오른쪽으로

두 번 다시 왼쪽으로 한 번, 그 날 그와 함께 추었던 춤을.

*알릴리-멋있는 남성을 보고 환호성을 지를 때 사용하는 중국 토족의 언어

달항아리*

달 ㅎ 에 미쳐
달 ㅎ 에 미쳐

허연 허벅지 같은 달을 마시며

기- ㄴ
밤을
얼러져 있었네

한 여름 밤의 지열이 훅훅 올라오고
나는 보았네 하늘 비가 번개처럼 내리꽂히는 것을

토담 아래 초롱꽃 여린 고개 숨을 고르고
산사의 풍경(風磬)도 가슴 졸여 바람도 멎던 그 날

그날 밤을, 나는 보고 말았네.

도공과 사랑을 나누던
유방(乳房)이 달처럼 부풀어 오르던
달을 안은
젖빛 고운
조선(朝鮮)의 아낙을.

*마치 달처럼 생겼다고 하여 달항아리로 지칭 되는 조선백자

사과를 고르는 여인

버스를 타고 가다
아주 우연히
리어카에서 사과를 고르는 여인을 보았어.
대충 고르지 그 놈이 그 놈인데
그런데 그 여인은
애써 벌레 먹은 사과만 고르네.
한 쪽 찌그러지고 벌레 먹어 움푹 팬 사과만 고르는 그 여인
다시 눈을 크게 뜨고 바라보네.

저 여인
아, 인생의 가을 같은 저 여인
참 열매 고르는 법을 알고 있었네.

내 젖은 눈에서 애벌레 한 마리 기어나오네.

소록도에서

녹동에서 배에 오르자
소록도에서 불어오는 눈물 짭쪼름한 냄새
치료받는 사람이나 치료하는 사람이나
저마다 가슴 저린 사연을 안고 사는 그곳에는
정박한 사람들이 한 솥에서 우려내는 눈물냄새가 난다.
농사지은 푸성귀나물조차 사슴에게
반절이상 빼앗기고도 사슴을 원망하기는커녕
내 먹을 것은 조금은 남겨두어야 하지 않겠냐며
사슴에게 자꾸 다가가는 외롭고도 따듯한 사람들
사슴을 닮아가는 사람들
이제는 사라진 한센병의 흔적을
마음에 새겨두고 눈까지 멀어버린 사람들
한하운의 시비 앞에서
손가락 없는 뭉툭한 주먹으로
노구(老軀)의 그들이 불어대는 하모니카 음에서도
누적되어 온 폐색(閉塞)의 슬픔, 뜨거운 눈물 냄새가 난다.
겨울에도 푸른 소록도는
우체국 앞 빨간 우체통도

하얀 벽의 교회도
국립소록도병원도
외로워서 흘리는
뜨거운 눈물 냄새가 난다.

불꽃놀이

챠르륵, 영사기(映寫機) 돌아가고

빛바랜 흑백필름의 영화(映畵)가 눈앞에 소리 없이 상연된다.

옛적 색을 찾아내려고 간혹 고개를 왼쪽으로 숙이거나 눈을 감고 걷기도 한다. 아버지 손을 잡고 걷고 있는 열 살 남짓한 단발머리 소녀의 멜빵스커트가 어떤 색이었는지 그 때 소녀의 손을 잡고 있던 아버지가 두툼하게 걸치셨던 꽈배기 스웨터의 색이 고동색이었는지 쑥색이었는지 시계불알이 축 늘어진 자정에 허연 뜨거운 김을 뒤집어쓰고 쑥물에 명주를 주무른다. 욕실 창에 서린 김을 한 뼘만 닦아 서러운 얼굴을 한번 쳐다본다. 바람에 펄럭거리는 감물들인 무명천을 만장 보듯 바라본다.

나는 너무 이별을 빨리 알았고,

마음과 몸이 허해 머리칼이 숭숭 빠지던 스무 살 남짓한 시절 어느 날 내 魂은 몸을 잠시 떠나 누워서 자고 있던 소녀를 보았다 이십여 년이 지난 지금 늙은 어머니에게 얼굴을 부비며 안아달라고 떼를 쓰는 건 그 날 때문이다.

떠나는 걸음은 가벼워야한다.

그날 내 魂은 활활 타는 나의 육신을 보며 신나는 불꽃놀
이를 하리라.
잘, 살았노라고
어여뻤노라고
함께 해서 행복했노라고

그리고 가볍게 손을 흔들리라.

꽃지에서

-안면도 꽃지에서-

해당화 피어 진 자리
뒷덜미가 뜨거워 고개를 떨구어버린 해바라기 花,池를 지나
곱게 빻은 肉骨같은 모래밭을 지나
老夫婦 바위에서는 진득진득 갯내음, 生의 바람 훅 끼쳐옵니다.

오래도록 꽃지의 몽돌 위에서 희미한 낮달을 바라보는데
수줍은 낮달은 해와 함께 하늘자리를 지키고 있습니다.

붉은 해넘이는 목울대까지 차오르는데
할미 할아비바위 사이로 사금 같은 샛별이 뜨고

붉게 물들며 바다로 가는 님이 그리운지
낮달은 발끝을 들어 붉게 젖은 얼굴로 떠오릅니다.

나 몽돌 위에 두 손을 모으며 그윽해지는 시간,

어느덧, 정강이까지 사랑의 밀어가 밀려옵니다.

나 홀로 젖어 밤하늘에 높이, 높이 떠오릅니다.

바람 부는 날에

서풍(西風)이 나를 휘감기에

단번에,
당신이 날 찾으시는 줄 알았습니다.

우리의 바다를 닮은 쪽빛 열두 폭 스커트를 두 손으로 움켜쥐고
갈대숲을 지나 신이 벗겨지는 줄도 모르고 달려왔습니다.

휘익,
당신은 휘파람을 붑니다.

이 우음도에서 우리의 물랭루주는 문(門)이 열리고

나는 당신의 그늘 아래서 휘파람 장단에 맞춰
당신만을 위한 캉캉춤을 춥니다.

오늘, 이 지구 위에는 왕따나무 당신,
춤추는 무희, 그리고 푸른 하늘과 푸른 바람이 전부입니다.

나 당신의 숨결에 나부낍니다.

일식

저기 아슴하게 달이 해를 가렸습니다.
내 눈에는 해님 달님 언약식만 보입니다.
황금처럼 빛나는 가락지만 보입니다.

나를 깨우시는 이

눈멀고 귀 멀었던 나를
깨우시는 이 누구이신가

신새벽부터 나를 흔들어
저곳을 보라, 하시는 이 누구이신가

석양이 우리 심장처럼 금빛으로 팔딱팔딱 뜨겁던 서쪽 하
늘을
구름이 열두 마리의 양떼를 몰고 흘러가는 것을

지붕이 없어서 행복했던 우리들
하나 둘 별들이 꼬마전구처럼 불을 밝히고
보름 달빛 아래, 눈을 들어 저 하늘 지붕을 보라 하시는
당신

지붕도 없는 풀밭에 나란히 누워서도
우주를 품어주신 이, 누구이신가

작은 새는 어디로 갔을까

하루종일, 비가 내린다

어제처럼

어여쁘게 울어주던

나의 작은 새는 어디로 갔을까

어디서

젖은 날갯죽지를 접고

새까만 두 눈으로

비오는 저 산을 바라보고 있을까

저녁이 되도록 불도 켜지 않고

까만 두 눈을 뜨고

작은 새를 생각하며

웅크린 채 한참이나 건너-산을 내다보는데

장맛비에 흥건하게 젖은 나의 날갯죽지

깊은 곳에서

따듯한 영혼이

새 모양을 하고 날아오른다.

유월(六月)

치악산 깊은 곳에서 보았습니다.
유월(六月)의 나비가 은빛 나비 떼가 계곡에서 숫구쳐
날아오르는 것을
육사리(肉舍利)처럼
계곡에서 깊은 노송 한 그루 이 생(生)의 강을 넘어 선 것
이 보입니다.

외로운 산짐승 하나 토담 밑까지 내려와
우우-우우-
우리를 부릅니다.

맵싸한 연기를 피우며
한 끼 저녁 땔거리를 위해 숯이 되어가는
마른 나뭇가지
타악-탁- 숯으로 사위어가는 불빛이
평화롭고 따듯하고 아름다웠습니다
타버린 재가 은빛 나비처럼 날아올랐습니다.
매운 눈에서 물이 납니다.

생의 경계를 넘어가는 장엄 앞에서는
눈이 적당히 매워야 하는 것도 이치일 것 같습니다.

유월(六月) 깊은 밤
수만의 뭇별들이 가까이 내려와 주었습니다.
어느 깊은 생의 육사리처럼
은빛 나비 떼처럼.

순장

어혈 좀 다스려볼까 하여 찜질방에 들어서
게르마늄이니 자수정이니 낯선 방들 앞을 서성이다가

황토방 문을 열고 들어가
큰대자로 멍석바닥위에 누워 바라보니
천정이며 벽이며 고적하니 석실고분(石室古墳)인 듯 보인다.

그리운 이름 꺼내어

천정 흙벽에
갑골문(胛骨文)처럼 새겨본다.

영혼마저 지극히 아껴하는 이와
두어 평 남짓한 이 방에서
못 다한 마지막 사랑을 나누고
한 줌 흙으로 소복이 남을 수 있다면
내 아끼던 가는 금가락지는 그 옆에서
증인처럼 환하게 웃어준다면

사랑을 나눌 때처럼

뜨겁게 몸이 젖는다.

아름다운 아리아

애처롭게 껌벅이는 수명이 다한 형광등
검붉게 불탄 생의 끝자락을 바라보는 일은 슬프다.

뚝,
어두움

인생의 허허로운 날들은 그렇게 흘러가고
제 형상 가까스로 버텨가던 생애의 끝자락
지켜보는 일은 슬프다.

하늘 호명(呼名)소리 들으시고
젖은 눈에 표표히 흐르던 무언의 유언,
그 유언 받아들고
새 길을 떠나시는 길에 나의 입에서 흐르던
잘 가시라는 그 노래는
내 인생 가장 아름다운 아리아였다.

지금

어느 하늘아래 풀어서 계신가
이 정겨운 푸른 별이 아스라하게 보이시는가

가을 창밖으론
말라 비틀어 틀어올려진 마지막 혓바닥으로
이별을 말하는
애처로운 시월의 목련잎, 목련잎

박물관

박물관 안이
납골당처럼 고즈넉하다.

여인네들의 금제(金製) 장신구 앞에선
오래 멈춰 선다.

저 금귀고리 찰랑거리던 가야의 여인이 보고 싶다.
섬섬옥수(纖纖玉手) 금가락지를 끼고 수틀에서 바늘을 뽑
아 올리는
때로 님을 생각다가
손톱 밑을 살짝 찔러 솟아오르는 피 한 방울을 핥아주고
싶다.

뭇별이 뜨고 지듯
나의 기억과 무관한 이들의 삶이 펼쳐지는
그 날이 온다면 그·렇·다·면,

한 천년 뒤의 그날에

오목가슴 후끈하여 여울지며 달을 그리워하던 오늘처럼

누군가 내 얇은 귓불에서 달처럼 환하던 금귀고리를
조가비처럼 손바닥에 올려놓고
후끈해져서 나를 불러본다면,

보고 싶은
달의 여인(女人)아.

사랑한다는 것은

참으로 외로웠습니다.
무엇이 나를 이토록 외롭게 하는지
잠 못 들게 하는지
베란다로 걸어 나가 창밖의 검푸른 하늘을 우러르며
한참을 서있었습니다.

세상의 것들 다 잠들고
우주와 나만이 존재하는 것 같은 밤

나를 이 땅에 보내신 당신이 그리워져 타국의 외로운 방언
(方言)으로
가만히 불러보았습니다.

무언가를 미치도록 사랑하고 싶던 내게
그 때 어렴풋이 다가왔습니다.

사랑한다는 것은
너를 필요로 한다가 아니라

내가 필요한 너를 위해
기꺼이 내가 너에게 간다라는 것

어려운 길이지만 당신의 이들을 사랑할 때
당신이 외로운 내게 오실 것이라는 약속
조용하게 파문이 일 듯 넘실거려왔습니다.

가서 사랑해야 할 세상이
아름답게 동터오고 있었습니다.

고대(苦待)

리틀야구장 초록 포플러 나무아래 하얀 벤치
그물망 너머로 한참을 아들을 들여다보고 있었다.
여름내 엄청난 포수 장비를 뒤집어쓰고 공을 받았던 아들
탕, 내 얼굴 위로 지구만한 야구공이 백팔번뇌로 날아왔다.
아들의 생은 이제 백팔 땀에서 얼마쯤이나 간 것일까
타악, 글러브 보다 딱딱하게 굳은 손으로 공을 받아낸다.
그리고 아들은 슬멋 바라본다, 내 쪽을

어린 시절의 나는 비 오는 날은 교문을 지나며 안보는 것
처럼 곁눈질을 했었다.
운동장에 확성기가 쩌렁쩌렁 울리고 호각소리도 신나는
운동회가 열릴 때마다
화관을 쓰고 부채춤을 추던 나는 부채 너머로 운동장 구
석구석을 재빠르게 살폈다.
시커멓게 멍이 드는 것은 그때부터 였을까
야간 등 너머로 떠있는 한쪽 둥근 반달이 아슴하게 보였다.
오른손을 쭈욱 뻗어 만져보았다.

그리고 가만히 주물럭거렸다 아무도 눈치 채지 못하게, 어
머니 젖가슴을

지금은 누구를 기다리는 것일까, 슬몃 뒤돌아보는 나는

공무도하가(公無渡河歌)

장독대를 갖고 싶어요.
옹기종기 모여 있는 어여쁜 한 식구를요
갖고 싶은 것이 정말 장독대였을까.
달이 뜨는 밤마다 여우처럼 어두운 산에 올랐다.
겁이 많은 그녀는

公無渡河
그의 등 뒤를 흐르는 강이 보였다.
강물에 비친 달빛이 차가웠다.
公竟渡河
그는 기어코 길을 떠났다.
아니 전부터 그가 강을 건널 것이라는 걸 알고 있었다.
墮河而死
그는 결코 빠져죽지 않았다.
강을 건너면 내가 다리를 끊을 것이라는 사실을 몰랐을 뿐,
그렇게 다리는 끊어졌다.
그리고 다시는 그가 돌아올 수 없었다.
當奈公何

그녀는 아무렇지 않게 자갈을 정성스럽게 깔고
베란다에 장독대를 꾸몄다.
그리고 을지로에서 맞춰 온 팻말을 달았다.

달을 사랑하는 여인

그녀가 정말 사랑한 것은 달이었을까.

업(業)

어머니는 어릴 적 기르던 누렁이 애기를 하셨다.
한 날 누렁이는 동생의 학비 땜에 멀리 팔려갔단다.
사나흘이 지나 누렁이가 비를 쫄딱 맞고 눈앞에 나타난 것
이다.
백리 길 어떻게 찾아왔을까
놀라고 반가운 맘은 짐짓 뒤로하고
들고 있던 연탄집게로 모질게 내리쳤단다.
가, 가-아-
눈을 빤히 쳐다보더니 고개를 돌려 나갔단다.
대문간에서 다시 한 번 빤히 바라보더니
영영 돌아오지 않았단다.

어머니
어머니, 왜 그러셨어요.

내가 초라하게 그의 집 앞을 서성거렸을 때
문득 나는 등,이 아팠던 것이다.

산책(山冊)

어느 시인은 쓸쓸한 바닷가에서
바다 책을 읊었지

까만 활자도 다 머릿니처럼 징그럽고
무언가가 그리울 때
산에 가네.

시커멓게 무성한 겨울나무가
씩씩한 당신의 거웃일지도
끙, 힘들게 바위를 타넘으며 웃어보네.

당신은 귀에 대고 은밀히 속삭이네.
얼기설기 뿌리의 연으로 버팅겨야만
안으로 마음 다독이고 뿌리내리고 서야만
이처럼 향기를 피울 수 있는 거라고

그러니까 당신의 향기는
곰삭은 상처에서 피워내는 휘파람 같은 거라고

산허리에 걸터앉아
나의 絶頂에 약수 한 모금을 꾸룩 꾸룩 뱃속으로 채워 넣네.

난 당신을 도무지 떠날 수 없네.

새발뜨기

감물들인 명주스카프로 문득 커튼을 만들어야겠다고 생
각한 날
하루 종일 쪼그리고 앉아 퀼트 작은 바늘을 갖고 꼼지락거
렸다.
그러다가 짓다,라는 말을 밑단에 새발뜨기하며 가만히 되
내었다.
옷을 짓다
집을 짓다
시를 짓다

그렇지, 저고리를 지어주마 약속했던 말들이 새처럼 푸드
덕 날아올랐다.
짓다라는 말보다 가슴 저린 말이 또 있을까.

한줄 새 발자국만 무심한 밤

하늘도 네일아-트를 하는구나
다 만들어진 커어튼을

초승달 옆 반짝이는 작은 별이 박힌 하늘을 배경삼아 걸
어놓고
잠자리에 누워 어머니 치맛자락 밑을 훔쳐볼 때 같이 야릇
해져서
홀로 까마귀처럼 깊어진다.

산이 좋아

눈비에 젖어 짓이겨진 낙엽 황토 죽처럼 고웁다.
생을 다 겪어낸 후에 뿜는 구수한 육의 냄새 후욱 끼쳐온다.

늦골까지 氷水 차오른다.
양 볼때기 자두알 마냥 탱탱하게 익는다.
아버지 등 밟듯,
더도 말고 덜도 말고 그렇게 조물조물 밟아 오르내린다.

마른시체들이 바람에도 홀가분하다.
저 아래 이승의 말들이 묻히고
산도 척추마디가 노곤해지는 저녁
산새 소리도 명랑하다.

아직도 저 아래
서툰 이승의 혀들은
자꾸 헛바늘이 돋는다.

차우의 우주

사람이 개만도 못해
왜요
비비가 죽었잖아
비비를 새장 밖으로 꺼내 묻어주고 왔는데
차우가 바닥에 내려놓은 새장 속에 들어가서 며칠째 먹지
도 않고 끙끙대고만 있어

사람이 모두 나가고 난 지루한 한낮
비비의 날개 짓과 노래는 차우의 자그마한 심장을 선홍색
으로 콩닥콩닥 환하게 만들었을 거야.
삐이,끙,낑, 소리만으로도 그들은 둥글게 둥글게 자그마하
지만 충만한 우주를 만들어서 빈 공간에서 기구처럼 둥둥
떠다녔을 거야
때때로 대서양 한가운데도 날고 태평양도 날고 저 사막위
로도 날아올랐을 거야 빈집에서 말이지.

새장 안에 갇히고 싶은 거야 비비에게 말이지.
차우의 검은 눈이 깊었다.

새장 문을 열어둘 걸,
차우의 등에 수줍게 올라탄 비비의 영혼이 보였다.

4장
사람 인(人)자를 보다가

사람 인(人)자를 보다가

나 종종 꿈인지 생시인지 모를 환몽을 갖고 있네.

갓길에 망연히 서있는
일몰이 시작되었는지 서쪽 하늘은 자꾸 어두워지고
서해대교 위에서 그 붉은 해넘이를 만나려 했는데
길을 잘못 들어 인터체인지는 가도 가도 나오질 않고
경부고속도로 가드레일은 끝없이 높기만 하고
담배라도 배웠으면 이럴 때 소지 사르듯 한 개비 피워 물
었을 텐데
그저 갓길에 차를 세워놓고 망연히 바라보던 서쪽 하늘,
그립던 사-람

한 세상 살아가는데 사람 인(人)자 하나면 되는데
삼발이처럼도 아니고
낚지 발처럼도 아니고
멋들어진 나란히도 아니고
저렇게 서로에게 기대어 가는 거야
힘드니까 많이 힘드니까 너 없으면 쓰러질 것 같으니까

네 어깨를 빌려서라도 살고 싶은 거라고,
나 잘난 것처럼 혼자갈 수도 있겠지만
너와 이렇게 어깨를 기대어 가고 싶다고
사람, 이니까

길을 잘못 들어 늘 애 태우던 서해안 고속도로
붉은 해는 곧 질 터인데
경부고속도로 하행선 갓길 위에서 망연히 바라보던
그립던 서쪽 하늘,

인생도 세월도 이렇게 인(人)자 하나 제대로 써보지 못하고
소지 사르는 긴 여정일 뿐이네.

의식의 저편

이라크에서 벌어지는 피의 보복전*
이라크 무장집단에 의해 미국인 참수
미군에 의한 이라크포로 성적학대

울렁거리면서도 적나라한 영상을 확인하기 위한
모니터 앞에서의 꽤 오랜 시간
뻐꾸기도 울지 않는 나의 방 암실의 커튼을 치면
보이지 않아서 더욱 선명해지는 의식의 저편,
뇌수에 담가놓은 인화지 한 장 핀셋으로 들어 올리면
의식의 저편이 찬연하게 인화되어 올라온다.
거기 금단의 밀실엔 테러를 꿈꾸는 불안한 영혼이 살아
알록달록 곰팡이가 핀 밥을 먹고 사는
난파된 배에 들어앉아 영웅의 마스크를 하고
마스크를 벗기면
아! 나의 얼굴

노예로 살기보단 해방의 날을
자유를 찾아 망명을 꿈꾸는 나를 만나
서로에게
러브샷을 들어 위로하고
머리칼을 쓸어
벤저민 오일을 꾹꾹 눌러 바르고 곱게 속삭인다.
(이미 해방이야 너를 가두는 건 너일 뿐이라구)

*오마이뉴스 2004.5.12헤드라인

화인(火印)

한 밤중 주무시다 쥐에게 귓불을 물린 아버지
귓불이 불룩하여 은근히 자존심이더니

다음 날
여기저기 쥐덫은 놓이고
아버지의 눈빛은 더욱 앙크러지고
마당 한 가운데로 뜨악하게 잡혀와
가슴팍이 땅에 닿도록 버둥대는 쥐 한 마리,
취조실 욕조 같은 모서리가 깨어진 물 한 바가지
팔각모양의 성냥 한 무더기, 설욕의 인두(引頭)

그날
쥐의 눈에 뻘겋게 화인(火印)이 새겨지고 있었다.
너덜한 귓불만큼 민망한 하루

먹이사슬처럼 얽히고설킨 설욕의 가시엉겅퀴
성냥개비 인두, 쏴하게 불이 번지듯이
내게도 아버지의 피가 흐르더구나

원죄의 피가 흐르듯이

통쾌한 복수는 망각의 강에 불사르는 것

그러나 아비의 후손들, 기억세포가 노쇠하지도 않는
불쌍한 자들에선 빠·알·간·눈·물이 그렁그렁 흐른다.
원죄의 유전은 끊이지 않고,
인두가 지져내는 연기는 푸르게 자욱하고.

뮤즈의 저울

저울에 공기 한 줌 올려놓는다.
내가 올라탄다.
다른 한 쪽에 너를 올려놓는다.
내가 공기 한 줌만큼의 무게를 가질 때까지
너의 무게를 가질 때까지
한 줌의 공기가 나의 무게를 가질 때까지
별들의 무게를 가질 때까지
저울 한 쪽에 교조적인 삶을 거부한 뮤즈가 올라탄다.
모든 불꽃은 원하는 곳으로 휘어질 자유를 가진다.
심장이 허락하는 놀랍도록 정확한 시계의 초침이
별들의 불꽃이 기상할 때를 알리고
나와 모든 네가 정확히 동등한 무게를 가질 때까지
뮤즈의 저울이 흔들리지 않을 때까지
나 스스로 완전한 자유를 가질 때까지
내가 나를 찾을 때까지

아름다운 뮤즈는 시(詩)를 뿌리네.

여자(女子)

  탈무드에는 하나님은 여자의 눈물방울을 세고 계신다고
하네.
  우리는 여자가 한(恨)을 품으면 오뉴월에 서리가 내린다고
하네.
  눈물이 많은,
  가슴에 노을이 많은, 사람을 이제 여자라고 말하려네.

  세포마다 귀가 있고 눈이 있고 심장이 있어
  다른 사람이 들을 수 없고 볼 수 없는 것을 볼 수 있는
여자
  그래서 아무도 그녀를 속일 수 없네.
  그래서 때로 여자는 외로워지네.

  유난히 꽃을 좋아하는 여자의 옷장은 온통 꽃밭이네.
  영원히 죽어지지 않는 꽃을 입는 여자
  아—, 그녀에게서 더러 꽃향기가 나는 이유를 알 것도 같네.

  가을엔 천 년 전 가야의 여자,

죽어서도 땅에 누운 채로 가을 잎새로 주렁주렁 귀걸이를
달고 있는 그녀와 날이 어둡도록 젖은 담소를 나누는 여자

가을 잎새에서는 그녀들의 투명한 눈물 소리가 나네.
마른 잎새에서 더러 젖은 꽃향기가 나기도 하네.

여자가 있어 지구는 마르지 않고
어둠 속에서도 화안하게 숨 쉬는 별이 되네.

백년 뒤에 우리 있을까

아직도 바람은 차가운데 봄 여름 가을 겨울, 그리고 봄 영
화제목처럼

불가에서는 옷깃만 스쳐도 인연이라는데
한 울타리 안에서 석삼년, 우주가 눈 깜작할 사이 지나고

아가하고 부르면
우리보고 아가래, 웃던 너희들
이제 제법 처녀 총각태가 나네, 기특도 해라.

돌이켜보면 뭐 대단한 것을 가르친 것도 아닌데
그저 조금 먼저 태어나 같이 한 시절을 보냈을 뿐인데
아니, 오히려 너희들이 날 가르친 것인지도 몰라.

아가들아, 혹여 이 울타리 안에서 맘 다친 기억이 있거들랑
다 벗어놓고 너른 세상 가벼운 걸음으로 서로 손잡고 사뿐
히 뛰어가거라.

가다가다 숨이 차거나
자랑할 일 있거든
멀리서도 이곳 바라보며 큰소리로 외쳐다오

백년 뒤에 우리 이 땅에 살아있을까.
잘, 살아주어라.
사랑한다.
억겁의 무진장 긴 세월 속에 우리는 이렇게 소중한 인연이
니까.

느쩍한 하루

서로 제 몸 가르기도 뭉치기도 하여 한 세상 이뤄내는
거품들, 이내 다시 스러져 말가진 그리운 생애들

문득
불거진 복사뼈 위의 어혈들을 삭혀주던
노오란 치자밀반죽처럼 느쩍한 하루가 그리워집니다.
그리운 이들과 살을 맞대고 비벼대고 싶은 하루입니다.
송홧가루 참기름에 개어서 헌데 짓무름을 얼러주시던
쓰윽쓱 어루만져주시던 거친 손바닥도 약손이라 생각했던
그네들의 손맛이 그리운
생(生)의 멍울들을 삭혀줄 노오란 치자밀반죽의 느쩍함이
제 몸을 가르고 뭉치며 한 생애 마알가진 그네들이 그리
운 하루입니다.

창밖으로 앵두나무
앵두알은 열꽃처럼
그리움의 열병을 앓고 가는.

베란다에서

언제부터인지 나는 베란다에 누워 밤하늘을 보는 버릇이 생겼다 어릴 적 외갓집 너른 마당에 평상을 펴 놓고 할머니의 무릎에 머리를 베고 누워 이모들의 이야기를 들으며 바라보던 하늘은 까만 밤하늘보다는 기가 막히도록 시퍼런 수많은 별들이 쏟아질 듯 무서워 할머니의 품속으로 기어들곤 했지만 그 사각의 공간이 참으로 따듯했었다.

이제 이 황량한 도시는 마땅히 평상을 깔아놓고 누울 곳을 허락하지 않고 베란다라는 사각의 공간에 누워 이런저런 상상을 하며 밤이 깊도록 밤하늘의 구름이 흘러가는 것을 본다 수십 미터의 높은 벼랑에 누워있으면서 우주를 유영하는 듯 착각도 하다가 깊은 산중 황토흙 속에 누워계실 아버지도 이런 하늘을 보시려나 생각도 하다가 문득 베란다 난간의 위력이 놀라 내려다보면 아찔한 이곳에서, 나는 난간을 의지한 채 겁도 없이 벼랑 위에서 한가하게 별밤을 보는 여유를 갖고 있다니 세상에 의지 할 난간 하나 갖지 못하고 벼랑에서 추락하는 슬픈 나그네들을 잠시 생각하며 멀리 성스럽게 보이는 십자가를 물끄러미 바라보다가 내가 고층 아파트의

베란다 난간으로 다가설 것 같은 인연들을 하나, 둘 세다가
나도 모르게 잠이 든다.

정가(鄭家)돈가스

어려서 늘 팔베개 해주시던 어머니
팔을 베고 잠들어야 하는데
먼저 잠이 드는 건 늘 고단한 어머니였네
팔이 저리실까 늘 고개를 뻣뻣하게 들던
어린 내가 더 힘이 들어 보이네
늘 어머니 팔베개에 잠든 듯 연극을 하고
잠이 먼저 드는 건 늘 어머니였네
때늦은 소꿉놀이를 하네
아들을 위해 늘 용감해지시는
정가(鄭家)어머니, 일본에는 가본적도 없지만
일본식 돈가스집 차리셨네
일곱 평 가게
나 이곳을 잊지 못하겠네
어머니와 그 아들 내외가 때 늦은 소꿉놀이를 하며
울고 웃는 정가(情家),
그 환한 무대가 아름다워
표를 파네 아파트를 돌며 스티커를 붙이네
정가돈가스

올해는 왜 이리 비가 많이 내리나
밖에 들리는 비잇-소리,
차암 잘 생긴 동생은 배달을 해야 하는데.

금줄

-공습 사이렌이 울리고 교실 책상 밑에 들어가 공명하는 시간 속에 갇혀있던 찰나처럼, 한계령을 넘어가다 투명한 단풍 숲에 갇혀 인간의 말은 들리지 않고 나무가 건네는 말에 흐마하던*그 찰나처럼, 내 방(房)에 덩그마니 드러누운 오늘, 글쎄 혼자가 아닌 것이었구나! 저기 저 방 한 켠에서 나를 오래도록 바라보고 있던, 참숯 한 덩이-

　어머니는 늘 나를 바라보고 있는 내 방(房)의 참숯 한덩이였구나.
자신을 매어 금(禁)줄을 쳐놓으셨구나.

어머니와나, 어머니의어머니와나, 어머니의어머니의어머니와나, 어머니의어머니의어머니의어머니의어머니와나,어머니의어머니의어머니의어머니의어머니와나를 잇던 그 줄을 오랫동안 기억하지 못했네.

아서라, 아서……하는 그 소리
내 얄팍한 귀로는 알아채지 못했네.

현란한 색도 마다하고
이생의 궂은 일에 탈대로 다 타버린 육신
까만 숯 한 덩이로 악귀를 몸으로 막아내며
한 켠에서 저렇게 계셨구나.

저 금(禁)줄에 매어달린 참숯의 대열에 끼어
험한 세상 막아주며 노래를 해야겠네.

어여쁜 우리의 아가들을 위해
어머니가 옛 잠자리에서 들려주시던
애끓는 아가(雅歌)를 불러주어야 겠네.

*흐마하다-어머니는 흐뭇하다는 말을 늘 "흐마하다"고 하셨다

천부인권

- 아들에게-

델타파* 아득한 깊은 단잠에 취한 날
한 줄기의 섬광으로 다가온 아가야
내 안의 따듯한 우주를 빙그르 유영하며
날 부르던 너의 영혼 느끼던
그 처음 순간을 잊을 수 없어
또 하나의 우주가 대폭발을 시작하고
너를 뿜어낸 대탄생의 황톳빛 붉은 강이 흐르고
두 다리 사이의 천문(天門)이 열리고 찢기고
종교의 종교가 생겨나는 순간
고통도 소리 낼 수 없는 환희로 바뀌는
그 찰나에 소름 돋으며 다가 온 천부인권!

넌 그 어느 누구에 의해서도 소유당할 수 없음을

살아가는 동안 비굴의 언어 앞에서 당당하여야 함을.

*델타파-깊은 수면 중의 뇌파상태

시조(詩鳥)

서산지나
철새가 그만이라는
간월도지나 숭어낚시 하러 가는 길

소나무 높은 곳에 앉아서
고개도 움직이지 않고
먼데 바라보는 저 백로

무엇을,
무엇을 바라보는 것일까

낚싯줄 드리운 바다에
도려진 숭어의 내장 따위를 낚아채려고 서로 싸우던 갈매기
빗방울 떨어지고 배가 출렁일 때
열 맞춰 줄 맞춰 갑판 위에 모여들더니
한 곳을 바라본다

오는 비를 피할 줄도 모르고
오는 비를 온 몸으로 맞고 서있다

어디를 저렇게 세찬 비를 온 몸으로 맞으며
결연하게 바라보는 것일까

내가 짐짓 비오는 날 어데 먼 산을 우두커니 바라볼 때나
바다의 수평선을 바라볼 때

나를 시인(詩人)인가 보다 할 저 새들,
같은 류(類)의 저 영혼들.

유배

이 땅에서 유배(流配)된 사람아

거세당한 카스트라토*의 슬픔이 신(神)을 위해서라면

이봐, 당신은 어디로 머리를 두는가

당신의 유배는 누구를 위해서인가

진정 허락하기는 했는가 말야.

*카스트라토-소년시절의 음성을 어른이 되어서도 유지하기 위하여 거세한 남성가수

저기 누군가가

사랑하는 사람에게 가는 것은
빗소리
바람소리
물소리
꽃향기
풀내음
모두 함께 이끌고 가는 것이다.

사랑하는 사람에게 다가 가는 것은
천지를 모두 끌고 가는 것이다
삶의 모든 여운을 이끌고 가는 것이다.

저기 보아라

사방천지
그리하여, 천둥 번개 후려치는 뜨거운 하늘을

저기 누군가가

말 못할 그리움을 이끌고 가는
저 황량하고 뜨거운 하늘 길목을

사랑이 아름다울 때

릴케는 자기가 사랑하는 장미
그 가시에 찔려 죽었다지요.
사랑하기는 쉬워도 사랑이 남긴 자리를 아름답게 그리워
하기는
쉽지 않습니다.
사랑하지 않았더라면 상처도 없었을 테지만
그래도 사랑이 그립습니다.
사랑할 때보다 사랑이 남긴 자리를 갈무리할 때 알게 됩
니다.

당신과 나,

상사화의 꽃과 잎처럼
서로 같이 마주할 수는 없지만
어차피 같은 대궁에서 숨쉬고 있다는 것을.

결국 철새 같은 우리 인생은
브이자로 편대지어 계속 날으리라는 것을.

환(幻)과 현(現)을 오가는 그네타기

시인 전영관

1. 환(幻)으로 떠나며

세상이 발전하면서 우리는 다매체시대를 살게 되었다. 문학은 다매체의 한 축으로 굳건히 자리하고 있으며 그 지평 또한 줄어들지 않을 거라고 생각된다. 문학활동 영역의 한 부분에 평론가의 자리가 있다. 작품을 멋지게 평하는 일로 해서 좋은 평론가가 탄생하는지, 좋은 평론가가 있어 훌륭한 작품들을 찾아내고 독자들 앞에 제시하는 것인지는 논란의 여지가 남아있다. 시인이란 사소한 것들의 이름을 불러주고 하찮은 존재들에게 의미를 부여하는 소명을 기꺼이 실천하려는 사람들이다. 그러나 훌륭한 평론가는 시인이 그 대상들을 어떻게 선명한 이미지로 시화(詩化)했는지를 독자에게 제시하는 사람이라고 본다. 그 방법이 인상론의 형태를 지닐 수 있고 때로는 현학적 소수유희에 지나지 않을 때도 있지만 가장 중요한 점은 그 방법의 결과는 항상 시의 이해를 돕고 감상의 진폭을 증폭시키는데 있어야 한다는 것이다. 이는 소리꾼 곁에서 추임새 넣는 고수(鼓手)와 다름 아니고 이미지(화면)만 펼쳐지는 무성영화의 변사(辯士)이기도 하다는 말이다. 문학은 재미있어야 하고 쉬워야 한다. 시를 읽고도 아무런 감흥이 일어나지 않는다면 시집을 사는 사람도 없을 것이며 팔리지 않는 시집이 완전한 가치를 이룩했다고 할 수 없다. 더구나 무언가 길잡이가 될 것을 기대하고 펼친 평론집이 혼란만 가중시킨다면 결국 그들만의 문학이 된다. 박제되어 벽에 걸린 문학을 원하는가. 시인은 문학의 생산자이면서 동시에 소비자이다. 비평가 역시 이러한 논리에서 벗어날 수 없기에 독자의 감상에 새로운 개성을 더하는 역할을 수행해야 하고 현학적 허세나 소수 귀족주의로 흐르려는 경향을 경계해야 한다. 오탁번의 말처럼 한 시인의 시선(詩選)에 대한 해설을 쓰는 일은 정말 어렵고 황당한 작업이지만 시와 비평의 긍정적 함수관계를 기조로 이순미의 시집을 펼쳐 보기로 한다.

미당의 추천사(鞦韆詞)가 연상되는 시인이 있다. 수양버들나무와 베갯모에 수놓아진 듯한 풀꽃더미로부터 하늘로 올라가고 싶었던 미당처럼 환(幻)과 현(現)의 행간을 넘나드는 시인이다. 그녀의 그네는 저 멀리 날아갈 듯 솟구쳤다가 이내 돌아내려오곤 한다. 그녀의 그네를 밀어주는 향단이는 누구일까? 달같이 가고 싶은 마음의 시원은 어디일까? 의문은 쉽사리 줄어들지 않지만 답을 찾는 자체도 사실은 의문과 한 몸이다. 그네 발판은 저 위의 한 점에 고정되어 있는 진자운동인 것처럼 서쪽으로 나아가거나 되돌아오거나 그네에 앉은 이의 심정적 위치감은 어느 한 곳에 고정되지 않는다. 이는 서정주의 그것이 지향과 좌절의 반복인 반면 이순미의 그네는 순환과 회귀의 명제이기 때문이다. 우리들 어느 누구가 극명한 존재증명서를 지니고 사는가. 가볍고 때론 무거우며 참담하게 슬프다가도 설핏 웃음 지으며 사는 것이 우리들이다. 어쩌면 그러한 그네타기가 흔들리지 않는 확고함이다. 흔들리면서 흔들리지 않는 것이 우리들이다. 거기까지 갈 수 없어도, 가까운 듯 이내 멀어지는 그곳을 향하는 마음은 항상 불안정하다. 흔들리는 상태가 어찌 안정적일 수 있을까. 그러나 그녀의 그네타기는 불안하지 않다. 날아갈 듯 솟아오르다 어느 순간 공중에 멈춰선 상태, 환도 현도 아닌 그 멈춤에 그녀의 언어가 있고 사유로 직조된 이미지가 담겨있다. 이제 그네를 유심히 바라보기로 하자. 왕복운동의 단순함과 그네 줄을 벗어날 수 없는 한계가 아니라 멈춰서는 순간을 보자는 말이다. 사유(思惟)로 촬영하고 언어로 인화한 정지화면을.

2. 존재의 시원(始原)

(전략)

드렁칡처럼 뜨거운 날

수천 도 장작가마에서 타악-탁 소리를 내며
질그릇 같던 당신 청잣빛으로 그윽해지는 옆에서
난 결정유자기(結晶釉磁器)1)처럼 꽃을 피워내고 있었네

꽃은 왜 아름다워요

네가 꽃이야

저기 눈이 내려요
보고 싶어요 북쪽에는 시루떡눈이 내린다네요
시루에 켜켜이 얹힌 쌀가루처럼 그렇게요
그래, 하늘에서 우리 아가들이 오시는구나

중심(中心)에서 산국이 피고 오래된 칡꽃이 피어
꽃눈 부르는 뜨거운 가마에서
난 오래도록 오래도록 그윽했었네

1) 결정유자기 - 고열의 불 속에서 저절로 꽃이 핀 도자기

〈결정유자기… 부분〉

   도자기는 흙과 불이 만들어 낸 예술이라고 한다. 어떤 형
태도 없는 흙에 형상을 주고 영속성까지 부여하는 것은 도

공이다. 도공은 흙을 보며 그 안에 담긴 도자기의 모습을 보는 것이다. 도자기의 미학요소는 형태와 빛깔이나 정작 중요한 요소는 가소성(可塑性)이다. 골격, 성형, 소성의 성질로 구분하는 도자기의 형질을 시작(詩作)으로 환치해보자. 골격은 시를 구성하는 기본사유나 이미지가 되겠고 성형은 행간의 구분이나 정형화라고 하겠다. 나머지 하나, 소성은 앞의 구성요소를 아우르는 밑절미라고 할 수 있다. 다양한 이미지들과 사유의 고갱이들을 하나로 빚어내는 힘, 바로 이순미가 가진 장점이자 특질이다. 〈질그릇 같던 당신 청잣빛으로 그윽해지〉는 가마 안 열기 속에서 〈꽃을 피워내고 있〉는 시인의 내심은 진정 결정유자기 다름 아니다. 더구나 그 둘이는 〈드렁칡처럼 뜨거운〉 끈매로 얽힌 사이라면 더 말할 나위 없겠다. 이는 지극히 여성적 심상이면서도 〈뜨거운 가마〉처럼 치열한 존재의식을 놓지 않고 있는 부분이다. 시인이 말하는 〈중심(中心)〉은 무엇일까? 그것은, 혹은 그곳은 인연의 시발점이면서 본질이다. 시인은 그 안에서 결정유자기로 피어나고 있다. 사소하지만 아름다운 의미를 스스로 증명하고 있는 셈이다. 사소한 것들의 이름을 불러주는 사람이 시인이라 했던가. 그 개화(開花)는 시인의 시작(詩作)으로 〈오래도록 오래도록 그윽〉하게 이어지리라 기대 된다.

3. 공존의 천칭(天秤)

　어깨 빌려 잠시 기대고 싶은 계절이다. 남자라면 누군가에
게 듬직한 뒷모습이고 싶고, 여자라면 탄탄하고 넓은 어깨
그리운 날들이다. 서로 바뀌면 또 어떤가. 내가 그에게, 그가
나에게 위안 되고 따뜻한 가슴이면 그만이다. 마음은 날씨
와 반비례한다더니 찬바람이 오히려 가슴을 앙구고 있다. 그
니 위해 온기를 유지하고 싶은 것이다. 살아있다는 사실보다
살아낸다는 노고가 아릿하게 다가온다.

(전략)

한 세상 살아가는데 사람 인(人)자 하나면 되는데

삼발이처럼도 아니고

낙지 발처럼도 아니고

멋들어진 나란히도 아니고

그렇게 서로에게 기대어 가는 거야

힘드니까 많이 힘드니까 너 없으면 쓰러질 것 같으니까

네 어깨를 빌려서라도 살고 싶은 거라고,

나 잘난 것처럼 혼자 갈 수도 있겠지만

너와 이렇게 어깨를 기대어 가고 싶다고

사람, 이니까

(중략)

인생도 세월도 이렇게 인(人)자 하나 제대로 써보지 못하고

소지 사르는 긴 여정일 뿐이네.

〈사람 인(人)자를 보다가… 부분〉

사람과 사람은 얼마간 거리감을 가지게 된다. 이는 종점에서 지하철을 타 보면 알 수 있다. 텅 빈 객차에 하나 둘 승객들이 들어오고 그들은 멀찍이 떨어진 채 자리 잡는다. 점점 승객이 많아지면서 그 간격은 좁혀지고 결국은 밀착하게 된다. 물리적 거리로 표현된 그 "떨어져 앉음"이 바로 서로에게 느끼는 심리적 거리감이다. 우리는 얼마나 좁힐 수 있을까? 다가가거나 다가오기를 기다리는 일은 쉽지 않다. 이는 사랑을 통해 체득한 진실이다. 살아간다는 일이 〈힘드니까 많이 힘드니까〉 혼자가 아닌 둘이고 싶은 마음이다. 〈사람 인(人)자 하나〉로 서로에게 힘이 되고 싶다는 시인의 말이 짠하다. 지극히 상투적이고 흔한 말이지만 사실 이보다 간절한 갈망은 없다. 세상을 이끄는 동력이 바로 사랑 아니던가. 시인이 말하는 공존의 의미는 여럿도 아니고 나란히도 아닌 〈너와 이렇게 어깨를 기대어 가고 싶다〉는 거다. 얼핏 여성적 의타성이라고 폄하할 수 있지만 누군가와 서로 의지하고 싶다는 마음은 남녀를 가를 수 없는 일이다. 또한 시인의 표현 역시 남녀의 문제라기보다는 공존의 명제라고 받아들여야 옳다. 〈저마다 가슴 저린 사연을 안고 사는…(소록도에서)〉 것처럼 따로 또 같이 아파하는 것이 바로 우리 삶이기 때문이다. 더구나 마지막 부분에서 그 허허로움이 잘 드러나고 있다. 이 작품의 공간적 배경은 경부고속도로 갓길이다. 서해대교 위에서 해넘이를 맞이하고 싶었던 화자(話者)는 길을 잘못 들어 엉뚱하게도 경부고속도로 갓길에 멈춰선 상황이다. 이때 문득 누군가가 생각난 것이다. 독자에 따라 그 대상을 남자 혹은 여자로 이해할 수 있고 이는 오독(誤讀)을 근간으로 하는 시의 세계에서 보편적 반응이기도 하다. 길은 막막하고 해는 저물고 이제 어찌 할 것인가. 공간적 두려움과 시간적 다급함은 종종 우리들에게 누군가를 떠올리게 한다. 그 대상이 바로 사랑이고 사람 인(人)자 하나 되어 기대고 싶은 존재라는 말이다.

이쯤에서 공존에 따른 문제를 첨언하고 싶다. 필자가 소제목을 공존의 천칭이라고 정한 이유는 인간이 서로에게 느끼는 감정의 수위차를 짚으려 했기 때문이다. 누구나 혼자 살 수 없듯 주변에 사람이 있게 마련이다. 서로가 힘이 되면 좋지만 인간관계라는 것이 그리 만만치 않아서 우리는 갈등을 겪게 된다. 서로의 무게가 다르면 관계는 이울게 마련이다. 시인도 이 사실을 절감했을까? 〈사람, 이니까〉라며 기대고 싶고 힘이 되어주고 싶은 마음을 부축하면서도 쉼표 하나 찍어 놓았다. 잠간 망설이게 되거나 후회했던 기억을 고백한 것이다. 쉼표 하나에 응축시킨 시인의 기억들이 궁금하다. 〈인(人)자 하나 제대로 써보지 못하고/

소지 사르는 긴 여정일 뿐이네.〉라는 행간에서 쓸쓸함이 진하게 묻어 나온다. 역시 사람과 사람의 합일(合一)은 소망일 뿐인가. 〈나와 모든 네가 정확히 동등한 무게를 가질 때까지…(뮤즈의 저울)〉시인이 지치지 않았으면 싶다.

4. 뜨거운 잉태(孕胎)

소녀가 음부 위로 성(聖)스러워지며 여인이 되는
대지의 자궁 비후해지는 봄날
생생히 돋아나는 들녘을 조심스레 걸었네
녹음방초승화시.
애기똥풀 여린 줄기 유년의 똥꼬에서
여린 설사똥이 징하게 흘러나오고
싸릿가지는 손톱 위에 바늘을 꼽고
붉은 수액으로 영혼을 수혈하네
아카시 춘향(春香)에 취한 당신
욱신욱신 심장 죄어오던 날처럼
제비꽃
아팝꽃
애기똥풀 피어있는
쑥향 폭폭 퍼지는 춘향이 젖무덤 같은 둑길을 걸어오는 동안
후끈 달아오른 내 영혼은

아지랑이 피워내며
자궁까지 촉촉하게 젖어있었네
피톨 돌아 잉태할 차비하고 있었네

〈녹음방초승화시(綠陰芳草勝華時)… 전문〉

이 작품을 접하기 전에 우선 소춘향가 한 대목을 읽어보자. 〈너난 원 계집애관되 나를 종종 속이나냐/ 너는 어연 계집 아희관데 장부간장을 다 녹이느냐/ 녹음방초승화시(綠陰芳草勝華時)에 해는 어이 아니 가노/ 오동야월(梧桐夜月) 달 밝은데 밤은 어이 수이 가노/ 일월무정 덧없도다/ 옥빈홍안이 공로로다/ 우는 눈물 받아내면 배도 타고 가련마는/ 지척동방 천리완대 어히 그리 못오던가〉

인용한 부분은 남자(이몽룡)의 연정을 노래한 대목이다. 작품의 제목으로 쓰인 녹음방초승화시라는 말은 물오른 초록이 꽃의 화려함 못지않다는 뜻이다. 소년기를 봄이라 하면 청춘은 녹음방초 우거진 여름으로 해석할 수 있다. 그렇다면 시인은 청춘의 화사함을 노래하고 싶었을까? 〈소녀가/…여인이 되는/ 대지의 자궁 비후해지는 봄날〉을 찬양하는 것처럼 보일 수 있지만 속내는 그렇지 않다. 해토 무렵 한참 지난 들녘을 시공간적 배경으로 〈당신 몸에 코를 박고… 달아오르던 날처럼〉 시인은 한껏 부풀어 있다. 〈후끈 달아오른〉 자신은 이미 〈자궁까지 촉촉하게 젖어있음〉을 고백하며 생명의 잉태를 〈차비하고〉 있다. 김선우 시인의 말처럼 〈벌 나비를 생각해야만 꽃이 봉오리를(얼레지)〉 여는 것은 아니다. 시인의 몸과 마음이 대지와 공명(共鳴)하고 있다는 뜻이다. 이글거리는 장작가마 안에서 결정유자기처럼 꽃으로 피어난 시인은 타인과 사람 인(人)자 하나로 부축하며 살다가 드디어 생명을 잉태하게 되는 것이다. 이 작품을 단지 연시(戀詩)로 볼 수 없는 까닭이 여기에 있다. 작품 전반부에 배치된 시간적 배경이나 〈당신〉이라는 어휘, 그리고 〈제비꽃/이팝꽃〉 역시 〈피톨 돌아 잉태할 차비〉를 위한 무대장치이다. 무엇을 잉태한다는 말일까? 이는 하이데거의 말처럼 언어는 존재의 집이듯 시인은 세상의 어미이므로 새삼 설명할 필요 없겠다. 다만 〈유방(乳房)이 달처럼 부풀던/…조선의 아낙(달항아리)〉을 슬쩍 훔쳐보고 싶었던 마음은 숨기지 못하겠다. 그 마음으로 시인의 잉태와 공명에 관한 고갱이를 좀 더 소상히 펼쳐보겠다.

서해 바다에서 보았지
육감(肉感)으로 알았는지 물때를 사악한 인간보다 먼저 알
아채고
땅 밑으로 서둘러 자리를 피해가는 신(神)의 새끼들
땅거미 깔리는 하늘 저쪽이 아름다웠어
신(神)도 때론 가슴이 그렇게 거뭇하게 서운하고 아리기도
한 게야

니가타현에는 팔십 년만의 대지진으로
신간센이 철로를 이탈했다던데
무엔가 이 둥근 지구도 몸으로 할 말이 많았던 게야
왜
왜 이리 가슴이 두근거릴까
아직은 내가 서둘러 피해갈 자리 내 몸피로는 느낄 수 없네
지금 어디 천문(天門)이 열리고 눈물겨운 사람 하나
이 세상에 우렁차게 나오려나
왜 이리 가슴이 뛰나
이럴 때는 푸른 녹이 슨 청동거울 들여다보듯
나의 얼굴을 물끄러미 바라보기도 하는데
땅거미 깔리는 바다를 바라보듯 말이지
얼이 깃들어 있어서 얼골이라고
아이들에게 누누이 이르곤 했었는데
나의 얼골은 어여쁜가, 그렇지 않은가
천둥이 친다
가슴에 먹구름 인다
얼골 깊이 심어놓은 촛불 심지
바람결에 아프다
이렇게 내 혼(魂)은 몸으로 할 말이 많은 게야
니가타현의 진앙(震央)은 지구 어디 많이 서러운 어느 누구
의 혼(魂)일지 몰라

진앙(震央)으로 울리는 내 혼(魂)은 차마 어여쁜 얼골, 이

었구나

〈진앙…전문〉

〈땅거미 깔리는〉 서해바다 개펄에서 화자(話者)는 게들을 보고 있다. 물이 들어오고 있음을 〈육감(肉感)으로 알았는지〉 사람들보다 먼저 〈땅 밑으로 서둘러 자리를 피해가는〉 그것들의 부산함과 자연적 교감. 서쪽 하늘은 신(神)의 가슴인 듯 거뭇하게 서운하고 아리기도 하다. 나가타현의 지진을 〈지구도 몸으로 할 말 많았던〉 거라고 독백하는 사이 화자의 〈가슴이 두근거〉린다. 도대체 일본의 지진과 서해바다의 화자는 무슨 관계인가. 얼마나 예민하기에 〈어디 천문(天門)이 열리고 눈물겨운 사람 하나〉 태어나고 있음을 감지한다는 말일까. 이는 시인이 지구라는 별(대지)와 공명(共鳴)하고 있다는 증거이다. 〈녹음방초승화시〉에서 표현한 바와 같이 대지가 부드럽게 몸을 열듯 자신도 〈촉촉하게 젖어있었〉다는 진술이 그 확증에 무게를 더한다. 아이와 어미의 교감보다 더 훈훈하고 분리 불가능한 전달방식이 또 있을까 싶다. 시인은 이렇게 세상과 소통하고 있다. 세상 안에서 그녀의 사유가 울림소리를 확장하고 있으며 세상은 천지운행의 경로를 그녀와 동행하고 있는 것이다. 나가타현의 지진이 〈서러운 어느 누구의 혼(魂)일지〉모른다는데 무슨 말을 보태랴. 더구나 자신의 혼(魂)이〈진앙(震央)으로 울리〉고 있음을.

5. 사소한 것들로의 회귀(回歸)

(전략)
나의 작은 새는 어디로 갔을까

어디서

젖은 날갯죽지를 접고

새까만 두 눈으로

비 오는 저 산을 바라보고 있을까?

저녁이 되도록 불도 켜지 않고

까만 두 눈을 뜨고

작은 새를 생각하며

웅크린 채 한참이나 건너-산을 내다보는데

장맛비에 흥건하게 젖은 나의 날갯죽지

깊은 곳에서

따뜻한 영혼이

새 모양을 하고 날아오른다.

〈작은 새는 어디로 갔을까…부분〉

시인은 이제 작은 꽃에서 성장하여 관계(사람 人)를 체험하고 세상을 잉태하는 단계까지 이르렀다. 여인으로서의 자궁과 시인으로서의 모성은 얼마간 이질적이겠지만 본질은 항상 "사소한 것"들에 닿아있지 않을까. 작품은 지극히 단순하고 일상적 언어로 표현되어 있다. 그러나 시인이 비다듬는 언어 자체가 향기를 지니고 있다. 이는 휘발성 강한 방향제가 아니라는 증명이기도 하다. 감각적이고 즉물적인 영상과 언어가 난무하는 시대에 단순한 형태 하나로 향기를 전한다는 것은 쉬운 일이 아니다. 그럼에도 불구하고 시인은 "설명하고자 하는 오류"를 적절히 비켜가고 있다. 장맛비와 새라는 상관물만 제시한 채 그 감흥은 독자의 몫으로 유보해 놓았다. 이는 단지 보여만 주겠다는 시인의 태도와 부합하는 형식이다. 시공간적 배경과 상관물만 슬쩍 무대에 올려놓고 시인은 딴청 부리고 있다. 자연을 보라. 자연은 우리에게 단지 보여만 줄 뿐 어떤 말도 건네지 않는다. 그 안에서 우리는 울기도 웃기도 하는 것이다. 큰 스승은 말이 없듯 시인도 말을 아끼고 있다.

비가 내리고, 작은 새는 어디론가 가버리고 화자(話者)는 〈건너-산〉 바라보고 있다. 오도카니 앉아있던 화자의 영혼은 유체이탈을 통해 새가 되어 날아오른다. 어쩌면 어여쁘게 울어주던 작은 새가 시인 자신이었는지 모른다. 비와 작은 새라는 오브제를 통해 시인은 독자를 다독이고 있다. 양수처럼 따뜻한 영혼으로 아름다운 비행을 시작하는 것이다. 김광섭의 산(山)은 〈해질 무렵이면 기러기처럼 날아서/들만 남겨놓고 먼 산 속으로(김광섭…산.)가는 존재인데 시인의 〈작은 새〉와 〈따뜻한 영혼〉은 어디로 가는가. 이제 우리는 그 답을 알고 있다.

시인의 영혼은 지극히 사소한 것들을 앙구고 있다. 세상의 그늘에 잔설(殘雪)처럼 모여 있는 존재들의 이름을 불러주며 〈까만 두 눈을 뜨고〉 바라보는 것이다. 이런 시선이 바로 시인의 소명 아닐까 싶다. 김종해 시인의 선서처럼 〈인간의 삶을 위안하고…영원 쪽에 서서 일하는 이의 맹우(盟友)〉라는 말이다. 사실, 시인의 노래를 새나 나무가 알아들을 리 없다. 결국 인간을 위한, 생의 사소함을 위무하는 존재가 시인이며 그 수단이 시라는 거다.

6. 현(現)으로 돌아오며

서문에 기술한 바와 같이 이순미 시인은 작품 속에서 환(幻)과 현(現)의 세계를 모두 보여주었다. 장작가마에서 몽환적 개화(結晶釉磁器)를 통해 자신(시인)의 탄생을 알렸으며 사람인(人)자라는 활자의 상형적(象形的) 이미지를 바탕으로 생의 현실적 여정을 표현하였다. 이는 시집을 하나의 인생으로 보았을 때 청소년기에 해당한다고 하겠다. 그러나 그 산고(産苦)를 드러내지 않았다.

이는 시인 스스로 감내하겠다는 의지이기도 하고 문학적 열정이 고통보다 월등한 삼투압을 가진다는 증거이기도 하다. 이는 〈고통을 시향(詩香)으로 희석〉시키겠다는 자신감이라고 해석한다면 과분한 칭찬일까? 시집 말미에 이르면 〈보도블록 사이로 돋아난 이름 모를 풀…(고향)〉과 같은 사소함을 귀하게 떠올리고 이는 전반부에 기록된 〈애써 벌레 먹은 사과만 고르…(사과를 고르는 여인)〉는 자세와 상통한다. 즉 탄생과 성장 그리고 회귀의 일순을 이미 감지하고 있다는 말이다. 시집이 하나의 생을 관통하고 있으며 〈때론 가슴이 그렇게 거뭇하게 서운하고 아리기도 한…(진앙)〉 사람들을 보듬고 있다.

필자는 여류시인의 작품을 논하면서 그 흔한 "페미니즘"이라는 어휘를 한 번도 사용하지 않았다. 구태여 가늠한다면 에코페미니즘에 가까운 이순미의 작품들이지만 이러한 분

류적 태도는 옳지 않다고 생각된다. 소재의 풍성함과 대상을 바라보는 다층적 눈높이를 염두에 둔다면 필자의 해설이 궁색하기 때문이다. 아니, 페미니즘이라는 벙커에 빠질까 우려하고 있다. 또한 유려한 구성을 통해 표현된 심연(深淵)에 함부로 탐사선을 띄울 수 없는 까닭이기도 하다. 시집을 정독하며 필자가 느꼈던 충만함을 독자제위와 나누고 싶다.